함평군

예덕리 신덕

용월리 지석묘

구 함평성당

자산서원

월호리 일본식

학마을 전망대

무안군

초의선사 유적지

목포시

동본원사

근대역사관

경동성당

못난이 미술관

영산강 하굿둑

왕인 박사 유적

장천리 선사 주거지

백양사
용소
담양호
홍길동 테마파크
죽녹원
필암서원
관방제림
어린이프로방스
담양군
신창동마한유적지
풍영정
환벽당
식영정
충효동왕버들군
소쇄원
광주광역시
금성관
나주읍성
나주향교
나주시
영암군
출산 조각공원

힘차게 흐르는 영산강 따라 너른 바다로

힘차게 흐르는 영산강 따라 너른 바다로

초판 1쇄 발행 2025년 7월 3일
초판 2쇄 발행 2025년 7월 4일

지은이 유명은
그린이 김수영

펴낸이 김경옥
펴낸곳 아롬주니어
디자인, 제작 디자인원(031.941.0991)
편집 박찬규
마케팅, 관리 서정원

출판등록번호 제 2020-000340호
주 소 서울특별시 마포구 월드컵북로 162-4 1층
전 화 02.326.4200
팩 스 02.336.6738
이메일 aromju@hanmail.net

ISBN 979-11-91902-08-2 (73810)

힘차게 흐르는 영산강 따라 너른 바다로

유명은 글 | 김수영 그림

머리말

힘차게 흐르는 영산강 따라 너른 바다로

영산강을 끝으로 남한강, 낙동강, 금강까지 우리나라 4대강을 따라 역사와 문화를 소개하는 작업을 마쳤습니다. 그동안 4대강을 따라 함께 여행한 책 속의 동물들에게 감사를 전합니다.

강은 인간은 물론 생명 있는 모든 것에 서식지를 제공하며, 생태계를 유지하게 하는 중요한 역할을 합니다.

4대강 시리즈를 쓰면서 가장 많이 느꼈던 것은, 강의 물줄기는 생명의 소중함을 지키는 것뿐만 아니라 지구의 존재 가치를 지속하게 한다는 것입니다. 지구와 생명을 살아 숨 쉬게 하는 강을 보호하는 것은 우리 모두의 책임입니다.

인간의 욕심으로 인해 자연이 훼손되지 않기를 바랍니다.

인간의 역사와 함께 하는 강의 숨결과 생명 있는 모든 것들이 늘 탄탄하고 자유롭기를 희망합니다.

글쓴이 유명은

차례

늘 푸른 대나무의 고장 담양

햇살이 노랗게 반짝이는 한낮입니다. 목이 말랐던 고라니는 물을 마시기 위해 샘물을 찾아갔습니다. 맑은 샘물에 나뭇잎이 그림자로 내려앉아 마치 하늘 위에 나무가 달린 듯이 보였습니다. 고라니는 샘물을 맛있게 마셨습니다. 그때였습니다. 아주 조그맣게 쪼로롱거리는 소리가 들렸습니다. 물을 마시던 고라니는 소리가 나는 곳으로 고개를 돌렸습니다. 바람도 불지 않는데, 바닥에서 나뭇잎이 흔들거렸습니다. 그곳에는 아기 방울새가 힘없이 날개를 푸드덕거리고 있었습니다. 아기 방울새는 금세라도 죽을 것처럼 힘이 없었습니다.

"어? 방울새야. 어디 아프니? 왜 여기서 이러고 있어?"

"날갯짓하다가 땅으로 떨어졌는데 일어설 수가 없어. 쪼로롱."

아기 방울새는 비행 연습을 하다가 땅으로 떨어지고 만 것이었습니다.

"어쩌면 좋아. 여기 이대로 있다가는 죽을 수도 있어. 어서 일어나."

"아기 방울새야, 어서 일어나. 기운 차려!"

"힘내, 방울새야."

안타깝게 바라보던 토끼와 다람쥐, 산새들도 아기 방울새를 응원했습니다.

고라니는 앞발로 조심스럽게 방울새를 일으켰습니다. 방울새는 일어나려고 푸드덕거렸지만 다시 쓰러졌습니다. 고라니는 얼른 냇가로 가서 입에다 물을 머금고 와 방울새에게 먹였습니다. 고라니에게 물을 받아먹은 방울새는 조금씩 기운을 차렸습니다. 고라니는 방울새가 기운을 차릴 때까지 곁을 지켰습니다.

고라니와 숲속 친구들이 마시고, 방울새를 살린 샘은 영산강의 발원지인 용소입니다. 고라니와 숲속 친구들의 도움으로 용소의 물을 마시고 살아난 방울새는 용소 주변에 머무르며 고라니와 친구가 되었습니다.

고라니는 방울새와 늘 함께 다녔습니다. 산새들이 고라니와 방울새를 보며 기분 좋은 듯 노래를 하였습니다. 방울새는 용소에서 물을 마시며 숲속 친구들과 함께 행복한 시간을 보냈습니다.

“햇살이 너무 따스하고 좋다. 다른 곳도 이렇게 따뜻할까?”

고라니 등 위에서 졸고 있던 방울새가 나른한 햇살을 받으며 말했습니다.

“너는 아직 어려서 여러 곳을 다니지 못했겠구나.”

“응, 나는 줄곧 너와 함께 있었잖아. 이곳 말고 다른 세상은 어떤지 가끔 궁금할 때가 있어.”

“그렇구나. 날개에 힘이 생기면 나와 여행을 떠날래? 내가 많은 곳을 데려다줄 수 있어.”

“정말? 이제부터 비행 연습도 열심히 하고 더 튼튼해질 거야. 그래야 여행을 떠나지.”

신난 방울새는 잘 먹고 잘 자며 비행 연습도 열심히 했습니다. 햇살이 점점 노랗게 여물어 가는 봄이 되자 방울새와 고라니는 여행을 떠나기로 했습니다.

“날개에 힘이 많이 생겼어. 이제 여행을 떠나도 될 것 같아.”

“그래, 우리 멋진 세상을 보러 떠나자!”

고라니는 방울새를 등 위에 태우고 넓은 세상을 향해 여행을 떠났습니다. 숲속 친구들이 무사히 여행을 마치고 와서 세상 이야기를 해 달라며 배웅하였습니다.

•영산강의 발원지, 용소

영산강

영산강은 한강, 낙동강, 금강과 함께 우리나라의 4대 강에 속합니다. 영산강의 길이는 138.75km로 담양군, 장성군, 광주광역시, 나주시, 함평군, 무안군, 영암군, 목포시를 지나 서해로 흘러갑니다. 영산강은 강 유역 사람들에게 농업용수를 공급하여 삶의 터전을 잡게 하고 교통의 중심 역할을 합니다.

영산강이란 이름의 유래

통일신라 때는 영산강을 금천 또는 금강이라 했으며 조선 시대에 영산강이 되었습니다. 영산강 주변은 땅이 기름져서 옛날부터 농업이 발달하였습니다. 고려 시대에 물길을 따라 영산포에 조창(곡물을 모아 보관하는 창고)이 설치되었습니다. 이후 일제강점기까지 영산포는 물자 교역의 중심지였습니다. 조선 시대에 영산포가 크게 번창하자 강 이름을 아예 영산강으로 바꾸었습니다.
영산강의 발원지는 역사 문화적으로 담양군에 있는 용소라고 알려져 왔으나, 정부 발행의 〈한국하천일람〉에는 담양군 병풍산 북쪽 계곡을 공식적인 발원지로 기록하고 있습니다.

고라니와 방울새는 영산강이 시작되는 용소를 떠나 대나무로 유명한 담양읍 죽녹원에 도착했습니다. 죽녹원은 울창한 대나무 숲입니다. 바람이 불 때마다 대나무가 소스락 소리를 내며 흔들렸습니다.

"이야, 대나무가 숲을 이루었어. 너무 멋있다."

방울새가 대나무 사이로 포롱포롱 날아다니며 감탄하였습니다. 고라니가 그 모습을 보며 흐뭇하게 웃었습니다. 시원한 바람과 맑은 햇살, 대나무가 바람을 맞으며 내는 소리는 고라니와 방울새의 피로를 풀어 주었습니다.

"방울새야, 대나무 위에 보이는 저게 죽순이라는 거야. 죽순은 하룻밤 사이에 1미터가 자라기도 한대."

"진짜? 나는 아무리 잠을 많이 자도 키가 안 자라는데, 부럽다."

죽순 위에 올라간 방울새가 죽순을 콕콕 쪼았습니다.

고라니는 방울새를 등에 태우고 죽녹원을 둘러보았습니다. 죽녹원에는 생태전시관, 인공폭포, 생태연못, 대나무로 만든 정자와 다리가 있습니다. 야외 공연장과 '운수대통 길', '죽마고우 길', '철학자의 길' 등이 있어 길의 제목에 따라 걸으며 산책도 할 수 있고 대나무 공예 체험도 할 수 있습니다.

"방울새야, 우리 이곳에서 잠시 쉬어 갈까?"

• 죽녹원 입구

고라니가 전망대에서 쉬자, 방울새는 벚나무 위로 포르르 날아갔습니다. 벚꽃은 마치 눈이 내려 쌓인 듯 화사했습니다.

"우와, 이곳에서 보이는 저 멋진 곳은 어디야? 멋진 나무들이 너무 많아."

방울새가 말한 곳은 오래된 나무들이 빼곡한 관방제림입니다.

천연기념물인 관방제림은 오래된 나무들이 숲을 이룬 것처럼 보였습니다. 관방제림에는 푸조나무, 팽나무, 벚나무, 음나무, 개서어나무, 곰의말채, 갈참나무 등이 있는데, 모두 300년~400년 된 나무들입니다. 거대한 나무들은 강둑을 튼튼하게 하고 물을 흡수하여 홍수를 막아 주는 중요한 역할을 합니다.

고라니와 방울새는 관방제림을 걸으며 나무들을 둘러보았습니다. 저마다 봄꽃을 피운 나무 아래를 걷자니 황홀한 기분이 들었습니다.

"꽃이 무척 화려하고 예뻐."

꽃향기에 취한 방울새가 지그시 눈을 감았습니다.

"이 나무들은 몇백 년 동안 봄이면 꽃을 피우면서 이곳을 지켰을 거야. 비가 아무리 많이 와도 저 나무들이 물을 흡수해서 이곳은 물이 넘치지 않아."

"나무들이 이곳을 지킨다니 정말 신기하네."

"그렇지? 나무들은 공기만 맑게 정화하는 것이 아니라 지구를 이롭게 하는 여러 역할을 해. 사람들은 자연을 보호하고, 자연은 사람들을 지켜 주는 거지."

• 관방제림

방울새가 포르르 날아 갈참나무 속으로 들어갔습니다. 갈참나무 잎에 가려져 몸집이 작은 방울새의 모습은 보이지 않았습니다.

"어? 저기 쭉 일렬로 서 있는 나무들은 뭐야?"

갈참나무 위로 높이 올라간 방울새가 메타세쿼이아 나무가 늘어선 곳을 가리켰습니다.

"응, 저곳은 메타세쿼이아 길이야. 멋있지? 그 옆에는 메타세콰이아랜드가 있는데, 가 볼까?"

고라니와 방울새는 쭉쭉 뻗은 메타세쿼이아 길을 지나 메타세쿼이아랜드에 도착했습니다. 메타세쿼이아랜드에는 '어린이프로방스', '메타세쿼이아길', '호남 기후변화 체험관', '개구리생태공원'이 있습니다.

메타세쿼이아 길

어린이프로방스의 넓은 잔디 공원에는 금세라

도 걸어 다닐 것 같은 공룡들이 많았습니다. 어린이들이 각종 놀이 기구가 놓인 놀이터에서 신나게 웃으며 뛰어노는 모습은 보기만 해도 기분이 좋았습니다.

"우와, 이렇게 큰 동물은 처음 봐. 무슨 동물이야?"

"응, 그건 공룡이야. 쥐라기와 백악기에 걸쳐 살았는데, 오래전에 멸종되었어. 이 세상에 존재했던 동물 중에 공룡이 제일 컸을 거야. 정말 크지?"

놀라서 폴짝거리는 방울새를 보며 고라니가 웃었습니다.

"정말 이렇게 큰 동물이 살았을 거라고는 상상도 못 했어. 이곳은 공룡들의 천국 같아. 혹시 살아서 움직이는 건 아니지?"

방울새는 겁나는 표정을 지었지만 금세 입을 커다랗게 벌리고 있는 공룡의 입속을 들락날락하였습니다. 고라니와 방울새는 공룡 사이에서 숨바꼭질하며 신나게 놀았습니다.

소쇄원은 조선 시대 문신이자 조광조의 제자인 양산보가 만든 조선 최고의 정원입니다. 소쇄원 입구의 무성한 대나무 숲은 마치 원시림에 들어온 듯 고즈넉하고 아름답습니다.

"신기해. 대나무 숲길이 이렇게 고요하다니."

방울새가 고라니 등 위로 올라갔습니다. 고라니와 방울새는 대나무 숲길을 따라 소쇄원으로 향했습니다.

"청둥오리야, 안녕!"

고라니가 계곡에서 물놀이를 즐기는 청둥오리를 보며 인사했습니다. 방울새는 처음 보는 청둥오리에 깜짝 놀랐습니다.

몸체가 큰 청둥오리가 갑자기 공격하지 않을까 겁이 났기 때문입니다.

"고라니야, 안녕. 방울새야 놀라지 마. 우리는 너를 해치지 않아."

청둥오리가 날개를 펼치며 인사하자 방울새는 그제야 안심하며 인사를 나누었습니다.

"너는 이곳에 사는구나. 우리는 영산강 줄기 따라 여행 중이란다. 이곳이 어디인지 이야기해 줄 수 있어?"

•소쇄원 대나무 숲길

고라니의 말에 청둥오리가 신난다는 듯 물속으로 머리를 담그며 푸드덕거렸습니다.

"이곳은 소쇄원이라는 곳이야. 소쇄는 '맑고 깨끗'하다는 뜻이란다. 이곳은 대나무와 소나무, 오동나무, 배롱나무, 측백나무, 매화, 동백, 산수유, 살구, 국

화 등 꽃과 나무가 셀 수 없이 많아서 이른 봄부터 늦가을까지 각양각색 꽃과 푸르른 나무, 단풍을 볼 수 있는 아름다운 곳이지. 겨울에 눈으로 덮인 풍경도 무척 멋있어."

"그렇구나. 계곡물을 이용해서 만든 작은 폭포와 연못, 너럭바위도 있네. 이곳에 있으면 소쇄라는 이름처럼 정말 마음이 맑고 깨끗해질 것 같아."

고라니가 주변을 둘러보며 맞장구를 쳤습니다.

"맞아. 이곳에 있으면 마음이 저절로 편안해져. 방과 대청마루가 있는 저곳은 조선 시대 선비들이 학문을 연구하던 제월당이라는 곳이야. 제월당은 '비 갠 뒤 하늘의 상쾌한 달'을 의미해. 계곡 가까이 보이는 정자는 광풍각이야. '비가 그친 뒤 해가 뜨면서 부는 청량한 바람'이라는 뜻이란다."

"우와! 소쇄원은 건물 이름도 너무 멋지다."

고라니와 방울새가 감탄하였습니다.

"소쇄원을 찾아온 손님을 맞이했던 정자인 대봉대는 '봉황을 기다린다'라는 뜻이야."

"청둥오리는 정말 많은 것을 알고 있구나. 대단해!"

고라니와 방울새가 칭찬하자 우쭐해진 청둥오리가 날개를

•소쇄원 제월당과 애양단 담장

쫙 폈습니다. 청둥오리를 따라 방울새도 작은 날개를 활짝 폈습니다. 그 모습이 귀여워서 고라니와 청둥오리가 하하하 웃었습니다.

고라니와 방울새는 청둥오리와 함께 제월당, 광풍각, 대봉대를 둘러보고 따뜻한 정을 느끼게 하는 애양단 담장과 외나무다리를 건너 산책하였습니다.

"소쇄원에 있으니까, 세상의 모든 평화가 다 이곳에 모인 것 같다는 생각이 들어."

"정말 그래. 너무 좋다! 우리 오늘은 여기서 쉬자."

고라니와 방울새가 좋아하니 청둥오리는 덩달아서 기분이 좋았습니다. 고라니와 방울새, 청둥오리는 밤늦게까지 이야기꽃을 피웠습니다. 휘영청 밝은 달도 소쇄원에 내려앉아 쉬었습니다.

아쉬움을 남기고 청둥오리와 헤어진 고라니와 방울새는 청둥오리가 추천한 담양호에 도착했습니다. 담양호는 제방 높이 46m, 길이 316m, 저수량 6,670만 톤의 거대한 인공 호수입니다. 담양호의 물은 담양읍 일대의 농경지에 공급되고, 상수원으로 사용됩니다. 호수 주변에 추월산과 금성산이 있어 멋진 경치를 자랑합니다.

담양호에는 빙어, 메기, 가물치, 잉어, 향어 등이 살고 있습니다.

"와! 호수가 정말 크고 아름답다."

방울새가 호수 주변에 있는 나무 위에 올라가 주변을 둘러

보았습니다. 호수는 끝도 없이 넓었습니다. 물이 얼마나 맑은지 호수에 비친 산 그림자가 마치 물속에 들어 있는 것처럼 보였습니다.

"이 호수는 담양호야. 주변이 산으로 둘러싸여서 경치가 무척 아름다워."

고라니와 방울새는 호수 주변의 산책길을 따라 걸었습니다.

"어? 저건 연리지 나무다."

호수 주변을 둘러보던 고라니가 뿌리가 엉켜 있는 나무를 발견했습니다. 연리지 나무는 '뿌리가 서로 다른 나뭇가지가 엉켜서 두 나무가 마치 하나의 나무처럼 자라는 것'을 말합니다.

"희귀한 연리지 나무를 이곳에서 보다니! 여행을 떠나지 않았다면 볼 수 없었을 거야."

"맞아. 정말 신기한 나무야."

연리지 나무를 바라보던 방울새가 갑자기 비명을 질렀습니다.

"꺄악! 저기 황조롱이가 나를 봤어. 어떡해, 황조롱이는 나를 잡아먹을 거야!"

방울새의 비명에 깜짝 놀란 고라니가 하늘을 올려다보았습니다. 정말로 황조롱이가 커다란 날개를 쫙 펴고 방울새를 향해 위협적으로 날아오고 있었습니다. 맹금류(육식성의 사나운 새)인 황조롱이는 작은 새를 잡아먹기도 합니다. 황조롱이를 본 작은 동물들과 새들은 모두 보이지 않는 곳으로 황급히 피했습니다.

"방울새야, 어서 내 배 아래로 들어가. 어서!"

고라니가 소리치며 방울새에게 뛰어갔습니다. 방울새는 급하게 고라니 배 쪽으로 피했습니다. 고라니의 배는 하늘에서는 보이지 않았습니다.

"방울새야, 황조롱이가 너를 볼 수 없게 내 배에 딱 붙어 있어!"

고라니는 놀란 방울새를 숨긴 채 황조롱이를 향해 큰소리를 질렀습니다. 그러나 황조롱이는 방울새를 포기하지 않고 계속 고라니 주변을 맴돌았습니다. 고라니는 계속 위협적으로 큰소리를 냈습니다. 한참 동안 주변을 빙빙 돌던 황조롱이는 고라니의 계속된 위협에 방울새 잡는 것을 포기하고 멀리 날아갔습니다. 황조롱이가 사라진 것을 확인한 고라니가 방울새를 불렀습니다.

"방울새야, 이제 안심하고 나와도 돼. 황조롱이는 멀리 날아갔어."

그제야 방울새는 조심조심 고라니의 등 위로 날아가 앉았습니다.

"고라니야 고마워. 네가 아니었다면 나는 황조롱이에게 잡혀갔을 거야. 네가 내 목숨을 구해줬어."

방울새는 진심으로 고라니에게 고마워하였습니다. 고라니와 방울새는 놀란 가슴을 달래기 위해 담양호 주변에 형성된 습지에서 쉬었습니다.

담양습지

습지보호지역인 담양습지에는 버드나무와 대나무가 군락을 이루었습니다. 숲과 늪지대도 있어 안전한 서식지이고 먹이가 풍부하므로 58종의 조류와 200여 종의 다양한 생물이 서식하고 있습니다.

담양습지에는 멸종위기야생동물 1급이자 천연기념물인 매, 황조롱이는 물론이고 붉은배새매, 물총새, 뻐꾸기, 청딱따구리, 큰오색딱따구리, 검은딱새, 개개비사촌, 꾀꼬리, 백로, 황로, 왜가리, 흰뺨검둥오리 등 텃새와 철새, 멸종위기종인 삵과 맹꽁이, 수달도 살고 있습니다. 뚜껑덩굴, 우산잔디, 물옥잠, 땅비수리, 자라풀 그리고 아름다운 연꽃과 부들은 습지의 오염 물질을 정화합니다.

생태계의 보물인 담양습지에서 사는 다양한 동물과 식물이 후손들과 공생할 수 있도록 습지를 잘 지키고 보전해야 합니다. 그러기 위해서는 동물과 식물을 보호하고 쓰레기를 함부로 버리지 않으며 자연을 훼손하지 말아야 합니다.

•담양습지

담양 식영정은 조선 시대 문인 김성원이 지은 정자이며 송강 정철과 관련된 유적입니다. 송강 정철은 조선 시대 대표적인 가사 문학의 대가(어떤 분야에서 아주 뛰어난 사람으로 인정받으며 영향을 미치는 사람)입니다. 가사 문학은 짧고 단편적인 시조보다 좀 더 길고 풍부한 주제를 다루는 형식입니다.

"식영정은 그림자가 쉬는 정자라는 뜻이야. 식영정을 포함한 주변은 모두 명승으로 지정되었어. 그만큼 아름답고 역사적 가치가 크다는 거지."

식영정을 둘러보며 고라니가 알려주었습니다. 명승은 유적과 함께 경치가 좋기로 이름난 곳을 말합니다.

“와, 그림자가 쉬다니, 정말 운치 있다. 나도 이곳에서 푹 쉬고 싶어.”

방울새가 식영정 옆에 있는 소나무 위로 날아 올라갔습니다. 식영정 주변에는 몇백 년 된 고목들과 연꽃이 만발하는 연못에 자리 잡은 부용당, 송강집의 목판을 보존하는 장서각과 고직사가 있습니다. 가을이면 식영정 앞 들판은 하늘하늘한 코스모스가 끝도 없이 펼쳐진 코스모스 공원이 됩니다.

“식영정 아래에 있는 정자는 김성원이 자신의 호를 따서 서하당이라고 했어.”

김성원은 정철과 매우 친하게 지냈습니다. 정철은 김성원과 함께 식영정의 정취와 주변 풍경을 즐기며 「성산별곡」과 「사미인곡」, 「속미인곡」 등을 지었습니다.

고라니와 방울새는 마치 정철과 김성원이 된 듯 붉은 매화가 수놓은 정원을 여유롭게 둘러보았습니다.

“저 시비에 쓰여 있는 것은 정철이 지은 성산별곡이야.”

성산별곡은 성산의 아름다운 사계절 풍경과 김성원의 신선과 같은 생활을 예찬한 것입니다. 봄꽃이 만발한 식영정 주변은 한 폭의 산수화처럼 단아하고 아름다워서 감탄이 절로 나

왔습니다.

풍경이 아름다워서 조선 시대 문인들이 즐겨 찾던 식영정에는 그들의 시문과 기록이 남아 있습니다.

식영정 근처에는 한국가사문학관과 시가 문화유적지가 있습니다.

2

홍길동의 고향 장성

백양사

홍길동 테마파크

필암서원

장성군

담양군

함평군

광주광역시

나주시

무안군

목포시

영암군

고라니와 방울새는 홍길동 테마파크에 도착했습니다.

"홍길동? 어디서 많이 들어 본 이름이야."

방울새가 고개를 갸웃거렸습니다.

"홍길동은 조선 시대에 살았던 사람이야. 그런데 허균이 쓴 『홍길동전』의 소설 속 주인공으로 더 유명해."

"소설 주인공?"

"응, 소설 속 홍길동은 양반가의 아들로 태어났지만, 첩의 자식이었기에 과거를 볼 수 없었어. 좌절한 홍길동은 양반에게 차별받던 사람들을 모아 '빈민을 구원해 주는 의적'이라는 뜻의 활빈당을 결성했지. 부패한 탐관오리들을 응징하고 가난

한 사람들을 도와주다가 조선을 떠나 일본에서 율도국을 건설했다는 내용이야."

"아하, 가난한 사람을 돕다니 정말 감동이야."

"이곳은 홍길동이 태어난 곳이야. 홍길동을 기리기 위해서 사람들이 즐길 수 있는 테마파크를 만든 거지. 이곳에는 홍길동의 생애와 의적 활동을 재현한 전시관과 체험 행사가 있어. 우리가 이곳에 오기 전에 마셨던 샘물 있지? 홍길동이 어렸을 때 먹었던 샘물이라 '길동샘'이라고 한대."

"옛날에 실제로 살았던 사람이 소설 속에서 의적이자 영웅이 되어 현재까지 널리 알려졌다니 참 신기하다. 나쁜 사람들을 응징하는 사람들은 언제나 언제나 참 멋져!"

방울새가 홍길동 동상에 앉아 쪼로롱 노래했습니다.

"맞아. 용기를 내서 정의를 실천하는 사람들이 세상을 더 아름답게 만드는 거야. 멋진 사람들이 많은 세상이 되었으면 좋겠어."

고라니의 말에 방울새가 응답했습니다.

"걱정하지 마. 의적 홍길동이 어디선가 나타나서 나쁜 사람들을 혼내 줄 거야."

•홍길동의 생가를 복원한 전시관

고라니와 방울새는 착한 사람들이 잘 사는 세상을 꿈꾸며 다음 여행지로 떠났습니다.

"와! 절이 너무 근사해. 이 절은 아주 오래전에 지어진 것 같아. 저 비자나무 숲 좀 봐. 너무 근사해."

방울새는 명승 제38호인 거대한 바위를 배경으로 둔 백양사와 주변의 비자나무 숲을 날아다니며 연실 감탄하였습니다. 약 3만 그루의 비자나무가 밀집하고 있는 백양사 일대의 비자나무 숲은 천연기념물 제153호입니다.

"연못에 비치는 쌍계루 좀 봐. 마치 물 위에 떠 있는 것 같아. 너무 아름다워! 금세라도 하늘의 천사들이 쌍계루 연못 위로 날아갈 것만 같아."

계곡을 막아 만든 연못에 비치는 쌍계루를 보며 고라니와

방울새는 감탄하였습니다. 쌍계루에서 바라보는 풍경은 마치 천상의 세계처럼 아름다웠습니다.

"우와! 완전 환상의 세계야. 쌍계루 뒤의 기암절벽(기이하게 생긴 바위와 깎아지른 듯한 낭떠러지)은 마치 절을 둘러싼 병풍 같아. 이 절에는 많은 이야기가 숨어 있을 것 같지 않아? 이곳에 대해 아는 친구를 찾아 보자."

방울새가 포르르 날아다니며 백양사에 대해 알고 있는 꾀꼬리를 찾아냈습니다. 꾀꼬리의 노란 깃털이 햇살을 받아 반짝 빛났습니다. 꾀꼬리는 청아한 목소리로 백양사에 관한 이야기를 들려주었습니다.

"백양사는 백제 때 여환이라는 스님이 창건했다고 해. 당시에는 산에 있는 바위가 모두 흰색이라 백암사라고 했대. 그런데 조선 시대에 환양이라는 스님이 날마다 법화경을 독송하는데, 하얀 양들이 몰려와서 독경 소리를 들었다고 해서 백양사라고 했다는 이야기도 전해져."

"그렇구나. 양들도 부처님의 말씀을 들었다니 신기하다. 근데 저 안에 있는 익살스럽고 우스꽝스러운 모습을 짓고 있는 저것은 뭐야?"

대웅전에 있는 23개의 나한을 보며 방울새가 궁금한 듯 물었습니다. 꾀꼬리가 나한상 앞으로 날아갔습니다.

"응, 이것은 불교의 수행자 가운데 최고의 경지인 제자의 모습을 새긴 나한상이야. 저 나한상을 보니까 생각나네. 임진왜란 때 백양사의 스님들이 의병으로 목숨을 걸고 싸웠다고 해. 마치 저 나한상처럼 말이야. 멋지지 않니?"

"그렇구나. 스님들도 의병으로 전장에 나갔다니 감동이야."

백양사의 역사적 중요성을 깨달으며 고라니와 방울새는 꾀꼬리를 따라갔습니다.

"우와, 저 붉은 꽃 좀 봐. 저거 매화 아니야? 저렇게 큰 매화나무는 처음 봐. 너무 예쁘다!"

고목이 된 매화나무에 핀 붉은 꽃을 보자 고라니와 방울새의 눈이 휘둥그레졌습니다. 노란 꾀꼬리가 붉은 매화 사이를 날아다니며 의기양양하게 말했습니다.

"이 나무는 고불매(천연기념물 제486호)라고 하는데, 350년 된 매화나무야. 이 꽃은 다른 매화와 달리 색이 빨갛지? 붉은 매화는 홍매화라고 해. 백양사의 자랑이기도 하지."

"환상적으로 예뻐. 저렇게 크고 화려한 매화나무는 처음 봐."

• 백양사 사천왕문(전라남도 유형문화재 제44호)

방울새는 꾀꼬리를 따라 홍매화 사이를 날아다니며 환호성을 멈추지 않았습니다. 꾀꼬리와 방울새는 홍매화와 잘 어울렸습니다. 홍매화 사이에 한 폭의 그림처럼 앉아 있는 방울새와 꾀꼬리를 보며 고라니가 방긋 웃었습니다.

"내가 재미있는 곳을 보여 줄게 따라와."

꾀꼬리가 산으로 날아갔습니다. 고라니와 방울새가 꾀꼬리를 따라 도착한 곳은 영천굴입니다. 굴속의 바위틈에서 샘이 솟아나는데 이를 영천이라고 합니다. 영천에는 장마나 가뭄에도 항상 일정한 물이 흐른다고 합니다.

"영천굴에는 재밌는 전설이 있어. 옛날에 영천굴에 있는 작은 구멍에서 날마다 한 사람이 먹을 만큼의 쌀이 나왔대. 그래서 생활이 어려운 사람들은 그 쌀을 가져다가 밥을 해서 먹곤 했어. 그런데 어느 날, 욕심 많은 사람이 영천굴에서 더 많은 쌀을 갖고 가기 위해 쌀이 나오는 구멍에다 작대기를 넣고 마구 긁었대. 그랬더니 그날 이후로 쌀이 한 톨도 나오지 않게 되었다는 거야."

꾀꼬리의 말에 고라니와 방울새가 한숨을 쉬었습니다.

"욕심만 내지 않았어도 많은 사람이 그 쌀을 먹을 수 있었을 텐데. 결국은 사람의 욕심이 문제야. 그렇지?"

"맞아. 지나친 욕심은 언제나 결과가 좋지 않아."

영천굴의 전설을 들은 고라니와 방울새는 어떤 것에도 욕심을 내지 않겠다고 다짐하였습니다.

백양사의 유물들

백양사에는 보물과 유형문화유산이 많습니다. 백양사 극락보전(전라남도 유형문화재 제32호)은 가장 오래된 건물이며 환양선사가 지었다고 합니다. 극락보전 안에 있는 목조아미타여래좌상은 보물 2066호입니다. 대웅전은 전라남도 유형문화재 43호입니다.

대웅전 뒤 팔 층 탑에는 석가모니의 진신사리 3과가 안치되어 있습니다. 사천왕문은 지방문화재이며 소요대사 부도는 보물입니다.

•백양사 대웅전(전라남도 유형문화재 제43호)

고라니는 필암서원에서 풀을 뜯어 먹으며 한가롭게 지냈습니다. 방울새는 나무 위에서 고라니를 보며 노래를 불렀습니다. 필암서원 주변은 평화롭고 고즈넉해서 휴식을 취하기에 좋았습니다.

필암서원은 조선 시대 대표적인 성리학자인 김인후를 기리기 위해 1590년에 세워진 서원입니다. 조선 시대 말기가 되자 서원이 너무 많아졌습니다. 서원에서 권력을 휘두르며 비리가 난무한 것은 물론 백성들을 수탈의 대상으로 괴롭히자, 흥선대원군은 전국에 있는 서원 중에 47개의 서원만 남기고 모두 없앴습니다. 필암서원은 당시에 남은 47개 서원 중 하나입니다.

•필암서원(사적 제242호)

"이 서원은 유네스코 세계문화유산으로 등재되었어. 그만큼 중요한 서원이지. 필암서원을 얼마나 소중하게 여겼는지 마을 이름도 서원의 이름을 따서 필암리라고 바꾼 거래."

"오호, 그렇구나. 그만큼 마을 사람들이 필암서원을 중요하게 여겼구나. 서원은 원래 유학자들이 공부하던 곳이잖아. 이곳은 다른 사원과 뭐가 달라?"

궁금해진 방울새가 또랑한 눈망울로 고라니를 바라보았습니다.

"서원은 학문을 공부하고 예절도 배우는 곳이야. 이곳에서도 유생들이 공부하였어. 현재 필암서원에는 서원의 역대 원장, 수업을 담당한 사람, 유생 명단, 서원의 재산을 기록한 문서, 노비 소유 등 총 15책 65장의 문서 자료가 소장되어 있어. 이 문서는 서원의 운영과 당시 교육제도 등을 연구하는 귀한 자료야. 그래서 '필암서원 문적 일괄'이라는 이름으로 보물 제587호에 지정되었어."

"아하, 필암서원에는 중요한 역사 자료가 많이 보관되어 있구나. 역사를 알 수 있는 귀중한 자료는 소중하게 보존해야 해."

"맞아. 소중한 것은 지켜야 할 의무가 있어."

고라니와 방울새는 필암서원에 앉아 봄바람을 느꼈습니다. 바람결에 옛사람들의 글 읽는 소리가 낭랑하게 들리는 것 같았습니다.

세계문화유산에 등재된 서원들

조선시대 성리학 교육기관으로서 중요한 역할을 했던 이 서원들은 2019년에 세계유산으로 공식 등재되었습니다. 우리나라에서 유네스코 세계문화유산으로 등재된 서원은 총 아홉 곳입니다.

- 소수서원(1543년 건립)
- 남계서원(1552년 건립)
- 옥산서원(1572년 건립)
- 도산서원(1574년 건립)
- 필암서원(1590년 건립)
- 도동서원(1605년 건립)
- 병산서원(1613년 건립)
- 무성서원(1615년 건립)
- 돈암서원(1634년 건립)

•필암서원 유네스코 세계문화유산 등재 표지

빛이 머무는 곳 광주

"우와, 저 나무들 좀 봐. 나무 세 그루가 모여 있는데 얼마나 큰지 마치 숲을 이룬 것처럼 보여."

방울새가 왕버들 나무 위를 날아다녔습니다.

"이곳은 충효동이라는 곳이야. 수백 년 동안 자라온 왕버들이 모여 있는 것으로 유명하지. 이 나무들은 버드나무인데 자연유산으로 지정되었어. 왕버들은 버드나무 중의 왕이라고 해서 왕버드나무라고 해. 왕버들은 수백 년을 살 수 있어."

버드나무 그늘에서 쉬고 있던 고라니가 방울새를 올려다보며 왕버들군에 관해 설명했습니다. 왕버들의 둘레는 8~9m나 되고 높이는 10m가 될 만큼 거대합니다. 나무는 세 그루지만

•충효동 왕버들군(천연기념물 제539호)

잎도 무척 무성하고 나무가 커서, 마치 숲 안에 있는 것처럼 느껴집니다.

"왕버들? 저 나무들이 모두 버드나무야?"

"응, 원래는 마을을 상징하는 나무로 소나무 한 그루, 매화나무 한 그루, 왕버드나무 다섯 그루를 심어서 일송일매오류(一松一梅伍柳)라고 하였대. 그런데 현재는 소나무와 매화나무는 없고 버드나무 세 그루만 남아 있어서 왕버들군이라고 해. 이곳에 있는 나무들은 500년 정도 되었어."

왕버드나무가 500년이나 되었다는 말에 방울새의 눈이 왕

방울만 하게 커졌습니다.

“우와. 500년 전에 심은 나무가 아직도 이렇게 살아 있다니, 정말 놀랍다. 나무들은 500년 동안 사람들이 살아온 모습과 자연이 변화하는 것을 모두 지켜보았겠네. 새삼스레 나무가 무척 존경스럽게 느껴져.”

고라니와 방울새는 옛날에 마을 사람들이 모여 삽으로 땅을 파고 조그만 나무를 심는 모습을 잠시 상상했습니다.

“우리 방울새의 조상들도 이 나무 위에서 집을 짓고 살았겠지? 대대손손 친구인 참새와 다른 새들도 모두 이 나무와 함께 살았을 거라는 생각을 하니 가슴이 떨려.”

방울새가 감격스러운 듯 나무 위에서 쪼로롱거렸습니다.

“그래. 아기 나무가 웅장한 나무가 되기까지 오랜 세월 동안, 이 나무들은 수많은 사연을 간직하고 있을 거야.”

고라니와 방울새는 커다란 버드나무 아래 누워서 하늘을 올려다보았습니다. 나뭇잎에 가려 파란 하늘은 제대로 보이지 않았지만, 마음은 몹시 평온했습니다. 고라니와 방울새는 어느새 곤히 잠이 들었습니다.

충효동 정려비각

왕버들군 옆에는 '충효동 정려비각'이 세워져 있습니다. '충효동 정려비각'은 임진왜란 때 의병장으로 활약한 충장공 김덕령과 전사한 그의 형 김덕홍의 충성, 왜군에게 굽히지 않고 절개를 지키고 순절한 김덕령의 부인 흥양 이씨, 노모에게 효성이 지극했던 동생 덕보의 효성을 기리기 위해 세워졌습니다.

충효동은 옛날부터 성이 있어 성안 또는 석저촌이라 불렀는데, 김 씨 형제와 부인의 충·효·열을 기리기 위해 정조 임금이 직접 마을 이름을 '충효리'로 지어 내렸다고 합니다.

• 충효동 정려비각(광주광역시 기념물 제4호)

"광주에는 유명한 정자가 많구나. 이 정자 주변의 꽃 좀 봐. 너무나 예뻐."

고라니가 환벽당 주변에 핀 꽃을 바라보았습니다. 환벽당 주변에는 오랜 세월을 견뎌 온 고목들이 고고하게 서 있습니다.

"너희들은 처음 보는데, 어디서 왔어?"

포르르 날아다니던 참새가 고라니와 방울새를 보고 날아왔습니다.

"어? 너희 둘은 몹시 비슷하게 생겼다."

고라니가 방울새와 참새를 번갈아 보며 신기하다는 표정을 지었습니다.

•환벽당(명승 제107호)

방울새와 참새는 작은 몸집도 비슷하고 생긴 것도 닮았습니다. 그래서인지 방울새와 참새는 금세 친해졌습니다.

"참새야, 반가워. 우리는 영산강을 따라 여행 중인데 이 정자에서 잠시 쉬는 중이란다."

"여행이라니, 재미있겠다. 너희들이 들른 이곳은 환벽당이라는 정자야. 옛날에 나주 목사를 지낸 김윤제가 지은 거야. 벼슬에서 물러난 뒤에, 환벽당에서 제자들을 가르치며 여생을 보냈다고 해."

정자에서 쉬던 고라니와 방울새는 참새를 따라 환벽당 주변을 둘러보았습니다.

“환벽이라는 이름은 벽처럼 둘러싸인 주변 경치가 아름다워서 지은 거래. 나무들에 둘러싸인 환벽당이 자연의 일부분인 것처럼 느껴지지 않니?”

고라니와 방울새는 참새의 말에 고개를 끄덕였습니다. 눈을 두는 곳마다 푸른 나무가 마음을 평화롭게 했습니다.

“조선 시대 학자이자 문인이었던 송강 정철이 환벽당에 머무르며 벼슬길에 나가기까지 공부하였다고 해. 환경이 아름다운 환벽당에서는 많은 선비가 찾아와서 글을 쓰고 그림을 그리며 즐기기도 했어. 환벽당이라는 저 글씨는 조선 후기 학자인 우암 송시열이 쓴 거야.”

환벽당에는 임억령과 조자이가 쓴 시가 걸려 있어 문학사적인 가치가 높습니다.

“얘들아, 이곳 환벽당에 얽힌 재미있는 이야기가 있는데 들려줄까? 어느 날 김윤제가 이곳에서 낮잠을 잤는데, 냇가에서 용이 하늘로 올라가는 꿈을 꾸었대. 그래서 용이 나왔던 장소에 가 보니까 어떤 소년이 있더래. 소년에게서 느껴지는 기운이 평범하지 않은 것을 느낀 김윤제는 소년에게 외손녀를 시집보냈어. 그 소년이 나중에 문인으로 유명한 송강 정철이야."

"그래서 송강 정철이 이곳에서 공부했구나. 재밌는 이야기네."

방울새와 너구리는 참새에게 환벽당에 관한 이야기를 들으면서 즐겁게 시간을 보냈습니다.

참새의 소개로 고라니와 방울새가 찾아온 곳은 마한 유적체험관입니다. 마한은 삼국 시대 이전에 존재했던 고대 국가입니다. 신창동 마한 유적지에서는 집터, 밭, 토기 굽는 가마, 목기와 칠기, 볍씨 등의 곡물과 동식물류가 발견되었습니다.

"신기하다. 여기는 우리가 여태껏 봐 왔던 곳과는 아주 다르네. 저 커다란 바퀴 좀 봐."

방울새가 기둥에 걸린 커다란 수레바퀴를 가리켰습니다. 수레바퀴는 광주 광산구 신창동 마한 유적지에서 실제로 출토된 유물입니다.

"마한유적체험관은 진흙 속에 고대 마한의 유물들이 묻혀

• 마한유적체험관

있던 것을 발굴하고 그 자리에 지은 거야. 전시관에는 고대 마한의 역사와 생활, 문화를 전시해 놓았는데, 체험도 할 수 있어. 우선 전시관을 둘러보자."

방울새는 고라니를 따라 전시관을 둘러보았습니다. 전시관에는 마한인들이 살았던 집과 창고도 복원해 놓았습니다. 수레바퀴, 농기구, 공구, 그릇, 통발, 고깔, 부채 외에 다양한 목기와 칠기 유물을 전시해 놓았습니다. 전시된 현악기는 신창동 유적에서 출토되었는데, 우리나라에서 가장 오래된 악기입니다.

"이곳에서는 고대 마한 사람들이 실제로 했던 것들을 체험

할 수 있어. 우리도 체험해 볼까?"

"재밌겠다."

고라니와 방울새와 다람쥐는 농경 시대에 사용했던 북을 치고, 농사 기구인 쟁기와 낫을 만들면서 벼농사와 농사 도구에 대해 알게 되었습니다. 토기와 시루도 복원해 보고, 활도 쏘았습니다. 고대인들이 사용했던 통발로 물고기도 잡고, 동물 뼈를 찾는 게임도 하였습니다. 체험하면 할수록 마치 고대 마한 시대에 실제로 사는 것 같은 착각이 들었습니다.

"고대 마한 사람들의 생활을 게임과 체험으로 만날 수 있어서 신기하고 즐거웠어."

"잊지 못할 추억이 될 것 같아."

고라니와 방울새는 여러 가지 체험을 하며 고대 마한 사람이 된 듯 즐거운 시간을 보냈습니다.

높다란 언덕 위에 있는 풍영정은 조선 시대 중기에 관직을 떠나 고향으로 돌아온 김언거가 지은 정자입니다. 풍영정 안에는 당대의 유명한 문인 김인후, 이황, 기대승 등이 쓴 시가 빼곡하게 걸려 있습니다.

"풍영은 자연을 즐기며 시를 읊조린다는 뜻이야. 저기 편액에 쓰여 있는 '제일호산(第一湖山)'이라는 글씨는 당대의 명필 한석봉이 쓴 거래. 글씨에서 힘이 느껴지지?"

"한석봉? 어디서 많이 들어본 듯한 이름이야."

방울새가 고개를 갸웃거렸습니다.

"한석봉은 어려서부터 글씨에 재능이 있었는데, 자만에 빠져서 글씨 연습을 소홀히 했어. 그러자 어머니가 캄캄한 밤에 아들에게 내기하자고 해. '나는 떡을 썰 테니 너는 글씨를 쓰거라.' 한 치 앞도 보이지 않는 캄캄한 밤에 어머니는 떡을 썰고 한석봉은 글씨를 썼어. 그런데 어머니의 떡은 두께가 일정하게 썰린 것에 비해 한석봉의 글씨는 삐뚤빼뚤 엉망인 거야. 이에 크게 뉘우친 한석봉은 글씨에 전념해서 당대의 명필이 됐다고 해."

"아하! 이 세상의 모든 어머니는 정말 대단해. 존경스러워."

고라니의 말을 들은 방울새는 감격하였습니다. 고라니가 위엄 있는 목소리로 말했습니다.

"풍영정에는 글씨의 귀재인 한석봉의 글 외에도 조선 시대 유학자들이 풍영정을 찾아와 시를 읊으며 지냈기에 지금까지 많은 시가 남아 있어. 옛날에 풍영정 주변에는 11채의 정자가 있었는데, 임진왜란 때 일본 사람들에 의해 불태워져 없어지고 풍영정만 남은 거야."

"세상에. 11채가 모두 불에 타서 없어졌다고? 너무 속상하다."

"맞아. 안타까운 일이야. 풍영정이 불길에 타지 않은 까닭에

대한 전설이 있어. 풍영정도 불길에 휩싸일 뻔했는데, 갑자기 현판에 쓰여 있던 글자 가운데 '바람 풍(風)' 글자가 오리로 변하면서 강으로 날아가더래. 일본 병사들이 글자가 오리로 변해 날아가자 놀라서 즉시 불을 껐대. 그랬더니 오리가 현판으로 다시 날아와서 또렷한 바람 풍(風) 글씨가 되었다는 거야. 그래서 풍영정은 일본군의 불길에도 그대로 살아남을 수 있었지."

"와, 글자가 오리로 변해 날아갔다가 다시 오다니 정말 신비롭다. 전설을 듣고 나니까 풍영정의 역사적 가치가 더 소중하게 느껴져."

고라니와 방울새는 풍영정의 소중한 가치와 옛 시인 묵객들을 생각하며 영산강을 바라보았습니다. 비늘처럼 반짝거리며 빛나는 강물 위로 붉은 노을이 지고 있었습니다. 자연과 역사가 어우러진 풍영정에서 고라니와 방울새는 강물 따라 흘러가는 노을을 바라보며 또 다른 내일을 꿈꾸었습니다.

역사를 간직한 고을 나주

"이 성은 특이하게 영산강 가까이에 있네. 우리가 본 산성들은 대부분 산 위에 있었잖아."

"이 성은 평지에 쌓은 나주읍성이야. 바다에서 영산강을 따라 일본군들이 쳐들어오는 것을 막기 위해 영산강이 가까운 평지에 쌓은 거야."

성벽 위에 올라가 쫑쫑 뛰던 방울새가 고라니의 말을 새겨들었습니다.

"고려 시대에 일본군이 쳐들어오는 것을 막기 위해 나주읍성을 처음 만들었을 때는 흙을 다져서 쌓은 토성이었어. 나주는 고려 시대부터 조선 시대까지 행정과 군사, 문화의 중심지

였기 때문에 무너지지 않도록 조선 시대에 돌을 이용해서 튼튼하게 다시 쌓은 거야."

"아하, 흙으로 쌓은 토성에서 돌로 쌓은 석성으로 변했다는 거지?."

"그렇지. 방울새가 아주 똑똑하네."

고라니의 말에 기분 좋아진 방울새가 폴짝 날아올랐습니다.

"나주읍성에는 4개의 성문이 있어. 동쪽의 동점문, 서쪽의 서성문, 남쪽의 남고문, 북쪽의 북망문이 있는데, 이중 남고문을 가장 많이 이용했대."

"오랜 세월 동안 나주의 역사와 문화를 간직한 채 나주 사람들을 보호한 읍성인데 보존이 잘 되어 있어서 기분이 좋아."

"그렇지? 흙으로 만든 성을 돌로 다시 만든 과정도 재미있었어. 나주읍성 안에 살던 사람들은 성이 튼튼해서 걱정이 없었을 것 같아."

고라니와 방울새는 일본인들이 침략할 수 없도록 쌓은 읍성 안에서 편안하게 잠을 잤습니다.

나주읍성은 물의 영향을 받는 지형적인 특성 때문에 붕괴하지 않는 기법으로 쌓은 성입니다. 나주읍성의 길이는 약 3.53km, 너비 6m입니다. 성벽으로 스며든 물이 틈새를 통해 빠져나가 성벽이 무너지지 않게 아랫부분과 윗부분의 돌 크기를 다르게 하고 진흙과 섞고 잔디를 입혀서 촘촘하게 마감하여 쌓았습니다.

• 나주읍성 동점문

고라니와 방울새가 향교에서 기웃거리는 모습을 본 다람쥐가 나무 위에서 쪼르르 내려왔습니다.

"얘들아, 너희들은 어디서 왔어?"

"어, 다람쥐구나. 반가워. 우리는 지금 영산강을 따라 여행 중이야."

"여행이라니 멋지구나. 이곳이 어디인지 궁금해서 들른 거야?"

"응, 이곳이 어떤 곳인지 설명해 줄 수 있어?"

고라니의 말에 다람쥐가 신나서 향교에 관해 이야기하였습니다.

"향교는 조선 시대에 설립된 중요한 교육 기관이야. 나주향

• 나주향교 명륜당

교에는 유생들이 공부하던 명륜당, 공자와 성현을 모시는 사당인 대성전(보물 제394호), 유생들이 기숙사로 쓰던 동재와 서재, 공자의 제자와 유학자의 위패를 모신 건물 동무와 서무가 있어. 나주향교에서는 매년 봄과 가을에 공자와 여러 성현에게 제사를 지내는 의식인 석전대제라는 큰 제사를 지냈어. 지금도 전통을 이어 석전대제를 지내. 물론 나는 이곳에 있는 모든 나무를 내 집 삼아 살고 있지. 하하하."

다람쥐의 이야기를 듣던 방울새가 커다란 은행나무 위로

날아갔습니다. 고라니는 큰 귀를 더욱 쫑긋 세웠습니다. 다람쥐는 방울새가 날아간 은행나무를 가리켰습니다.

"이 은행나무는 태조 이성계가 심은 거야. 나주와 나주향교를 지켜 주는 수호목인 은행나무는 600살이 되었어. 임진왜란 때도 불타지 않고 살아남아서 향교를 지키고 있지."

은행나무 앞에는 500년 된 비자나무도 있습니다. 고라니와 방울새는 나주향교의 아름다운 정원과 고풍스러운 건축물에 매료되었습니다. 고라니와 방울새는 마치 공부하는 유생이라도 된 듯 다람쥐를 따라다니며 명륜당 앞에서 재미있는 시간을 보냈습니다.

나주향교

웅장한 규모의 나주향교는 조선 후기 향교 건축을 대표합니다. 교육과 제사의 기능을 간직하고 있는 나주향교는 향교 역사와 건축을 연구하는 데 중요한 문화유산입니다.

나주향교에 보관된 『금성연계방안』, 『유림안』, 『청금안』, 『통문』 등은 나주 지방의 향토사 연구에 귀중한 자료입니다.

• 나주향교(전라남도 유형문화재 제128호)

"웅대하고 독특한 건물인 이곳은 뭐하던 곳이지? 입구부터 으리으리해. 마치 작은 궁궐에 온 것 같아."

궁금증을 잔뜩 품은 방울새는 금성관 망화루를 지나면서부터 탄성을 멈추지 않았습니다.

"이곳은 조선 시대에 관리들과 외국 사신이 오면 연회를 열고 숙소로 사용하던 금성관(보물 제2037호)이야. 조선 시대 지방 객사(고려와 조선 시대, 다른 곳에서 온 관원을 묵게 하는 곳) 중 최대 규모이자 유일하게 남아 있는 곳이지."

웅장한 건축으로 유명한 나주 금성관은 조선 성종 때 나주 목사 이유인이 건립했습니다. 안채와 사랑채, 행랑채와 부속

•금성관 망화루

건물로 관직이 높은 관리가 묵던 동익헌, 품계가 낮은 관리들이 묵던 서익헌 등이 있습니다.

나주 지역의 관리들이 행정을 보던 금성관에서는 궐패(궁궐을 상징하는 위패)를 모시고 매월 1일과 15일에 임금에게 예를 올렸다고 합니다.

"우와! 안채의 대청마루가 무척 넓어. 곳곳에 새겨진 문양과 장식도 정교하고 화려해. 지위가 높은 사람들이 머물던 곳이라 그런가 봐."

"금성관이 다른 건물과 달리 웅장한 것은 궁궐의 모습을 본

떠서 지었기 때문이야. 마치 지방에 있는 궁궐처럼 웅장하고 격조 있게 지은 거지."

"지방의 큰 행사를 이곳에서 해야 하니까 그렇구나. 어쩐지 규모가 대단히 크더라."

방울새가 고개를 끄덕였습니다.

"금성관은 일제강점기 때 여러 건물이 헐리고, 군청으로 사용되면서 훼손되기도 했지만, 다행히 옛 모습으로 다시 복원됐어. 금성관이 여전히 나주의 귀중한 문화유적으로 잘 관리되고 있어서 다행이야!"

금성관 후원에는 700년 된 은행나무 두 그루가 위풍당당하게 금성관을 보호하고 있습니다. 고라니와 방울새는 커다란 은행나무 그늘에 앉아 쉬다가 물을 마시기 위해 연못으로 갔습니다.

"여름에 연꽃이 활짝 피면 무척 예쁘겠다."

고라니와 방울새는 연못을 지나 나주 목사가 거주하던 금학헌 앞에서 보호수인 '벼락 맞은 팽나무'를 발견했습니다. 팽나무 옆에는 벚꽃이 만발하여 바람에 하르르 날렸습니다.

"방울새야, 이 팽나무는 1800년대에 벼락을 맞고 두 쪽으로 갈라졌대. 나주 사람들은 팽나무를 살리기 위해 갈라진 나무를 묶고 정성을 다해 관리하면서 다시 살아나기를 기원했어. 그랬더니 정말로 기적처럼 벼락 맞고 갈라졌던 나무가 다시 살아난 거야. 기적으로 살아난 이 팽나무에 기도하면 행운을 가져다준대. 우리도 소원을 빌자."

고라니의 말에 방울새가 팽나무 가지에 앉았습니다. 고라니와 방울새는 이 여행이 무사히 잘 끝날 수 있기를 기도했습니다. 바람에 날리는 벚꽃이 고라니와 방울새의 기도를 싣고 하늘을 날았습니다.

유서 깊은 선비의 고장 함평

장성군
담양군
광주광역시
함평군
예덕리 신덕 고분군
용월리 지석묘군
구 함평성당
자산서원
월호리 일본식 가옥
나주시
무안군
목포시
영암군

자산서원에 도착하자 고양이 가족이 반갑게 맞아주었습니다. 자산서원을 관리하는 분은 길고양이들에게 밥을 주며 고양이들을 보살펴 주었습니다. 방울새는 혹시라도 고양이들이 공격할까 봐 겁을 먹고 나무 꼭대기로 올라가 내려다보고만 있었습니다.

고라니와 이야기를 나누던 고양이가 나무 위에 있는 방울새를 올려다보았습니다.

"방울새야, 우리는 너를 해치지 않아. 이리 와서 사이좋게 놀자."

고양이들이 다정하게 부르자 그제야 방울새는 안심하고 내려와 고라니 등 위에 앉았습니다. 고양이 가족은 고라니와 방울새에게 자신들이 사는 자산서원에 관해 이야기를 들려주었습니다.

"이곳은 자산서원이야. 조선 선조 때 정여립의 난에 연루되어 죽은 문신 정개청을 추모하기 위해 그의 제자들이 지은 거야. 이 서원은 다섯 번이나 헐렸는데, 스승의 덕행을 따르는 제자들이 계속해서 다시 지었다고 해."

"스승을 기리기 위한 제자들의 염원이 담긴 서원이 여러 번 헐렸었다니 우여곡절이 정말 많았겠구나."

고양이 가족은 앞장서서 고라니와 방울새를 안내했습니다. 400년 넘는 역사를 간직한 자산서원에는 사당과 강의재, 강당, 서재와 유허비, 시비가 있습니다. 조선 시대 전통 건축물인 내삼문과 명륜당은 아담하면서도 고풍스럽습니다.

"이곳에 전시된 자료들은 모두 정개청의 유품들이야. 정개청이 지은 곤재『우득록』 목판 48매는 전라남도 유형문화재 제146호로 지정되었어."

고양이들의 목소리에는 자랑스러움이 묻어났습니다.

"정개청은 이곳에서 제자를 가르치고 학문을 연구했어. 정개청은 전국에서 몰려든 제자가 400명이나 되었을 정도로 존경을 받았대."

"대단하다. 덕이 높은 스승이라 제자들이 그렇게 많았나 보구나. 자산서원에 사는 고양이들도 선비 정신을 이어받아서 이렇게 점잖구나!"

고라니의 말에 방울새도 고개를 끄덕였습니다. 고양이들이 기분 좋은 듯 가르릉 소리를 냈습니다.

살랑살랑 부는 바람에 나뭇잎이 소스락 소리를 냈습니다. 들판으로 지는 해가 자산서원에 걸렸습니다. 노을 지는 고즈

•자산서원(함평향토문화유산 제2호)

녁한 풍경은 보는 것만으로도 숙연해졌습니다. 옛날 정개청의 제자들도 이곳에서 노을을 바라보았을 것입니다.

고라니와 방울새는 가을 단풍이 예쁘게 들 때 다시 자산서원을 찾아와 고양이 가족과 만나기로 약속하였습니다.

정여립의 난

정여립의 난(1589년)은 조선 선조 때 일어난 큰 사건입니다. 당시 정치 세력인 동인과 서인이 서로 대립하고 있었는데, 동인이었던 정여립은 서인과 사이가 좋지 않았습니다. 그는 전라도에서 '대동계'라는 모임을 만들었는데, 이 모임이 반란을 준비하는 조직이라는 의심을 받게 됩니다. 정철이 역모 사건의 수사를 시작하자, 정여립은 체포되기 전에 스스로 목숨을 끊었습니다. 하지만 그의 주변 사람들도 모두 반란과 관련이 있다고 여겨져 많은 이들이 처벌을 받았습니다. 그 결과 많은 동인이 희생되었고, 이후 당파 싸움이 더 심해지는 계기가 되었습니다.

정개청의 『우득록』

곤재 정개청(1529~1590)은 조선 시대 학자로, 어릴 때부터 다양한 학문을 공부했습니다. 그는 성리학, 천문학, 지리학, 의학 등을 깊이 있게 공부했고, 나중에는 직접 학생들을 가르치기도 했습니다. 하지만 정치적인 사건에 휘말려 오랜 시간 유배 생활을 해야 했습니다. 그의 책 중 『우득록』만 남아 있는데, 조선 숙종 때 왕의 명령으로 간행이 시작되어 1692년에 완성되었습니다. 책은 총 4권으로, 성리학 관련 강의록, 편지, 글 등이 담겨 있고, 그의 생애와 업적을 기록한 내용도 포함됩니다. 원래 108장의 목판으로 만들어졌지만 지금은 48장만 남아 있습니다. 이 책은 조선 시대 학자들과 지역 사회 연구에 중요한 자료로 평가됩니다.

“어? 이 건물은 우리가 여태껏 보아왔던 것과 다르게 생겼네.”

방울새가 지붕 위를 날아다니면서 고개를 갸웃거렸습니다. 영산강이 내려다보이는 곳에 나무로 지은 건물은 무척 오래되어 보였습니다.

방울새와 고라니가 본 것은 일제강점기에 전형적인 일본식 건축 기법으로 지은 이층집과 창고입니다.

“일제강점기 때는 이곳에 큰 나루터가 있어서 무척 번화했었대. 나루터 근처에 일본 사람들이 집을 짓고 살았는데 지금은 나루터도 사라지고 일본식 가옥도 저 집과 창고만 남아 있

• 월호리 일본식 가옥(국가지정문화재 제118호)

어. 일본 가옥은 일본 주재 사무소로 사용되었어."

문이 닫혀 있어서 고라니는 들어가 볼 수 없었지만, 방울새는 자유롭게 담을 넘어 구경하였습니다. 마당을 살피던 방울새가 의아하다는 듯 고개를 갸웃거렸습니다.

"집에 비해 창고가 무척 크네."

"일본 사람들은 우리나라 사람들에게 빼앗은 곡식이나 물건을 저 창고에 저장했다가 나루터를 통해 일본으로 가지고 갔어. 빼앗은 물건을 저장해야 했으니까, 창고를 크게 지은 거야."

"그렇구나. 일제강점기 때 이야기는 언제 들어도 슬픈 사연이 많아서 가슴이 아파."

일본 가옥 마당에 있는 나무에 올라간 방울새는 똥을 찍 싸고는 고라니에게 날아갔습니다. 장을 비워서인지 날갯짓이 한결 가벼워졌습니다.

다시는 강제로 수탈 당하는 억울하고 슬픈 일이 일어나지 않기를 바라면서 고라니와 방울새는 길을 떠났습니다.

"성당 옆에 성당이 또 있네. 그런데 이 건물은 아주 오래된 것 같아."

방울새와 고라니는 빨간 벽돌에 아치형 창문이 장식된 성당 건물 주변을 둘러보았습니다. 현대식 성당 옆에 오래되어 보이는 성당 건물은 옛날 함평성당입니다. 구 함평성당은 정면 중앙에 솟아 있는 팔각 종탑과 아치형 창문이 특징입니다. 붉은 벽돌로 지은 성당은 함평 지역에 천주교를 알리는 데 중요한 역할을 하였습니다.

"구 함평성당은 한국전쟁 중에 북한군이 파괴했는데, 1951년에 우리나라를 방문한 교황 사절단이 지원해 줘서 완

•구 함평성당(국가등록문화재 제117호)

공했어. 현재는 새로 지은 성당에서 미사를 진행해."

"전쟁으로 인해 성당도 아픈 역사를 간직하고 있구나. 어떠한 일이 있어도 전쟁은 일어나지 말아야 해."

"맞아. 전쟁이 일어나지 않는 세상이 되었으면 좋겠어."

전쟁의 아픔을 겪은 구 함평성당은 일제강점기 이후 현대적 성당의 초기 건축물로 평가받고 있습니다. 1984년에 새로 지은 함평성당에는 성 김대건 안드레아 신부의 유해가 모셔져 있습니다.

고라니와 방울새는 성당의 정원에서 하늘을 올려다보며 전쟁과 신앙에 대해 잠시 생각하였습니다. 왠지 저절로 숙연해졌습니다.

"와! 이게 무덤이라고?"

방울새는 너무 놀라 하마터면 바위에서 떨어질 뻔하였습니다. 소나무 사이에 놓인 커다란 바위 위에 앉아 있었는데, 그것이 청동기 시대에 살았던 사람들의 무덤인 '고인돌'이라는 고라니의 말에 깜짝 놀란 것이었습니다.

"이곳에 있는 16기의 고인돌은 모두 청동기 시대에 만들어진 것이야. 고인돌은 지석묘라고도 해."

"그런데 왜 무덤을 고인돌이라고 해?"

방울새는 이해하지 못하겠다는 듯 고라니의 눈을 빤히 쳐다보았습니다. 어서 빨리 대답해 달라는 뜻이었습니다.

•용월리 지석묘군(전라남도기념물 제158호)

"응, 기둥처럼 보이는 돌을 굄돌, 그 위에 뚜껑처럼 올려놓은 큰 돌을 덮개돌이라고 해. 굄돌 위에 덮개돌을 뚜껑처럼 올려놓은 것을 '고인돌'이라고 하는 거야."

"아하, 그렇구나. 고라니는 모르는 것이 없는 척척박사야!"

방울새의 칭찬에 고라니가 하하하 웃었습니다.

용월리 고인돌은 총 16기 가운데 12기는 굄돌 위에 커다란 돌판이 놓여 있는 남방식 고인돌이고 나머지는 개석식 고인돌입니다. 남방식 고인돌은 바둑판식 고인돌이라고 하며 무덤의 덮개로 사용된 돌이 넓고 평평한 것이 특징입니다. 개석식 고인돌은 지하에 무덤방을 만들고 땅 위에 커다란 돌을 놓은 것입니다.

"옛날 사람들은 현대처럼 문명이 발달하지 않았을 텐데 저 큰 돌을 어떻게 운반했지? 왜 무덤에 저렇게 큰 돌을 올려놓았을까? 생각할수록 신기하네."

"맞아. 이게 무덤이라는 것이 믿어지지 않아."

방울새의 의문에 고라니도 고개를 끄덕였습니다. 고인돌은 생각할수록 신기하고 신비롭습니다.

"재미있는 사실을 알려줄까? 우리나라에 있는 고인돌이 전 세계의 고인돌 중 절반 이상으로 많아."

"정말?"

"응. 강화군, 고창군, 화순군 지역에 있는 고인돌은 유네스코 세계문화유산으로 등재되었어."

"우리나라의 고인돌이 세계문화유산이 되었다니 왠지 뿌듯하네."

방울새가 날개를 으쓱거렸습니다. 고라니와 방울새는 소나무 숲 아래에 편안하게 놓인 고인돌을 보며 고대 사람들의 장례 문화에 연신 감탄하였습니다.

"언덕처럼 보이는 저것은 뭐야?"

푸른 하늘을 날던 방울새가 언덕처럼 보이는 곳으로 날아갔습니다. 고라니와 방울새가 도착한 곳은 삼국 시대 백제의 무덤 2기가 있는 신덕 고분군입니다.

"이것도 무덤이라고? 신석기와 청동기 시대에는 커다란 돌로 무덤을 만들더니 백제 시대에는 마치 산처럼 보이는 무덤을 만들었구나!"

방울새가 고분군 주위를 빙빙 돌았습니다.

"이곳은 오래전에 도굴이 되었어."

"세상에. 역사적으로 가치 있는 무덤을 도굴하는 나쁜 사람들이 있어? 정말 못됐다."

고라니의 말에 방울새가 무척 안타까워했습니다.

"고분군은 도굴이 되었지만, 백제 때의 것으로 추정되는 뚜껑접시, 굽다리접시, 항아리, 쇠화살촉, 손칼 등이 출토되었어.

신덕 고분은 삼국 시대 고분 문화를 연구하는 귀중한 자료이자 일본 무덤과 비교하는 연구에 매우 중요한 유적이야."

"오래전에 죽은 사람의 무덤과 그 안에서 출토된 것으로 역사를 연구하는 것은 매우 중요해."

"그렇지. 신덕 고분 근처에는 만가촌 고분, 월계리 석계 고분, 신성 고분, 돌뫼 고분, 외치리 고분, 순촌 고분이 있어."

"이 근처에는 고분이 많구나. 우리도 죽으면 누군가 무덤을 만들어줄까?"

방울새의 갑작스러운 물음에 고라니가 쓸쓸한 표정을 보였습니다.

고라니와 방울새는 마치 언덕처럼 보이는, 대형 고분의 주인공인 백제 사람들을 상상하며 고분 주위에서 오랫동안 머물렀습니다.

새들이 쉬어 가는 곳 무안

못난이 미술관 입구에는 이를 드러내놓고 활짝 웃는 조형물의 손에 들린 하트에 '누구나 예뻐지는 못난이 마을'이라고 쓰여 있습니다.

"누구나 예뻐진다고? 우리도 어서 가서 예뻐지자!"

못난이 미술관 잔디밭에 들어서자, 잔디밭 곳곳에 있는 특이하게 생긴 동상들이 고라니와 방울새를 반겼습니다.

고라니는 못난이 미술관의 넓은 잔디밭에서 기분 좋게 뛰어놀았습니다.

"이곳에는 엉뚱하고 귀여운 모습을 한 작품들이 많아서 재밌네."

•못난이 미술관

"맞아. 작품마다 특이하고 독특해."

고라니의 말에 방울새가 맞장구를 쳤습니다.

못난이 미술관에는 못생긴 표정을 한 동상과 엉뚱한 표정을 짓고 있는 조형물들이 많습니다. 각양각색의 표정과 자세를 취하고 있는 못난이 동상들은 보면 볼수록 기분 좋은 미소를 짓게 합니다.

"이곳에 있는 작품들을 보고 있으면 유쾌하고 재미있어서 웃음이 절로 나와."

방울새가 커다란 기린 조형물 머리 꼭대기에 올라가서 잔디발에 전시된 작품들을 내려다보았습니다. 못난이라고는 하지만 보면 볼수록 예쁘고 정감이 가고 기분이 좋아졌습니다.

고라니와 방울새는 미술관 건물 안으로 들어갔습니다. 미술관은 아기자기하고 따뜻한 분위기로 꾸며져 있습니다. 벽에는 못난이 캐릭터들이 그려진 큰 그림들이 걸려 있고, 투박해 보이지만 익살스러운 표정의 다양한 작품들이 전시되어 있습니다.

"이곳에서는 못난이 인형, 머그잔, 에코백 등을 만드는 체험도 할 수 있어. 아이들이 오면 즐겁게 시간을 보낼 수 있겠다!"

방울새가 조각품의 주머니로 쏙 들어갔습니다.

"어때, 나도 조각품 같지 않아?"

커다란 조각품 옆에 우뚝 선 고라니가 방울새에게 소곤거렸습니다. 방울새도 쪼로롱거리며 고라니 등 위로 올라가서 조각품인 것처럼 꼼짝도 하지 않았습니다. 고라니와 방울새는 조각상 흉내도 내면서 즐겁게 지냈습니다.

"이곳의 못난이 인형들은 보면 볼수록 기쁨을 주는 것 같아. 못난이들을 아름답고 사랑스럽게 만드는 마법 같은 곳이야."

"나도 그렇게 생각해. 정말 재미있는 곳이야."

'겉모습보다는 작품들이 간직한 이야기를 관심 있게 들여다보고 그들이 간직한 최고의 아름다움 찾아내는 내면의 미'를 강조하는 못난이 미술관에서 고라니와 방울새는 마법 같은 행복을 느꼈습니다.

"우와! 이 차밭을 보니까 마음이 무척 평화로워져."

초의선사 유적지의 대각문을 지나자 초록색으로 펼쳐진 차밭이 보였습니다. 방울새는 차밭 위를 통통거리며 날았습니다.

"이곳은 조선 후기의 선승인 초의선사가 태어난 곳이야. 네가 날고 있는 나무의 여린 잎을 따서 사람들이 마시는 차를 만드는 거란다."

고라니가 차밭을 거닐며 냄새를 맡았습니다. 차밭에서는 향기로운 냄새가 나는 듯했습니다.

"아하, 그럼 저분이 초의선사겠네."

방울새가 초의선사의 동상을 가리켰습니다. 기다란 지팡이를 짚고 있는 초의선사의 모습은 인자해 보였습니다. 초의선사 동상 아래에는 초의선사가 태어난 생가가 있습니다.

스님이지만 서예와 시에도 뛰어났던 초의선사는 차를 통해 불교의 가르침을 전파하고, 차 문화를 널리 알렸습니다. 초의선사 유적지에 있는 '일지암'은 초의선사가 40여 년간 머물며 다도(차를 달여 마실 때의 예의범절) 연구를 하던 해남의 '일지암'을 본떠 똑같이 만들어 놓았습니다.

고라니와 방울새는 조선 차 역사박물관을 둘러보았습니다.

"차의 기원부터 차 도구의 발전 과정, 차 문화와 초의선사의 작품을 둘러보고 나니 차에 대해 잘 알게 되고 왠지 똑똑해진 거 같아."

방울새의 말에 고라니가 하하하 웃었습니다. 고라니와 방울새는 초의선사 기념관, 대성사, 명선관. 금오초당, 초의선원, 보제루 등을 둘러보고, 용호백로정에서 쉬었습니다.

"고풍스러운 이 정자는 작은 연못과 아기자기하게 잘 어울리네. 이곳에 있으면 시가 저절로 나올 것 같아."

방울새가 붉은 매화꽃을 보며 시를 읊듯 쪼로롱 쪼로롱 노래를 불렀습니다. 작은 연못인 초의지에 있는 용호백로정은 서울 용산에 있던 추사 김정희의 정자를 그대로 복원한 것입니다.

"초의선사는 용호백로정에서 글씨로 유명한 추사 김정희와 함께 시를 짓고 정담을 나누었대. 용호백로정의 현판 글씨는 초의선사가 직접 쓴 거야."

갈증이 난 고라니와 방울새는 연못의 물을 마셨습니다. 그러자 갑자기 영산강의 발원지인 용소가 떠올랐습니다. 죽어가

던 방울새를 살린 것은 용소의 맑은 물입니다. 방울새는 고라니에게 다시 고맙다고 말하고 싶었습니다.

"용소에서 나를 살려 줘서 정말 고마워. 갈증이 날 때마다 물을 마시면서 물에 대한 소중함을 저절로 깨닫게 되었어. 나도 고라니가 용소에서 물을 먹여 주지 않았다면 그때 죽었을지도 몰라."

"그래, 물은 너무나도 소중해. 물이 없다면 세상은 존재하지 못하고 생명체도 살 수 없어. 우리 갈증을 해소했으니 이제 좀 쉬었다 갈까?"

방울새는 고라니의 맑은 눈망울을 보면서 날개를 활짝 폈습니다. 언제 보아도 듬직하고 믿음직스러운 고라니가 있어서 너무 행복했습니다. 고라니와 방울새는 살랑살랑 불어오는 바람을 맞으며 친구들의 우정에 대해 생각하였습니다.

"산에 하얗게 보이는 저것은 뭘까?"

고라니가 궁금해하자 방울새가 높이 날아 산에 하얗게 퍼져 있는 것이 무엇인지 살펴보았습니다. 산 근처까지 다가간 방울새가 깜짝 놀라며 고라니에게 날아왔습니다.

"고라니야, 저 하얀 것은 바로 백로와 왜가리야."

고라니도 깜짝 놀랐습니다.

"저 하얀 것이 모두 백로와 왜가리라고?"

고라니와 방울새는 조심스럽게 백로와 왜가리의 서식지(천연기념물 제211호)로 갔습니다. 둥지에 앉아 있던 왜가리가 고라니와 방울새를 보고 날아왔습니다.

“너희들은 못 보던 친구네.”

“응, 우리는 영산강을 따라 여행 중인데, 백로와 왜가리가 이곳에 산다고 해서 왔어.”

“우리를 보러 왔다고? 무척 반가워. 우리가 사는 이곳은 청룡산이야. 청룡산에는 백로, 왜가리, 해오라기 등 600마리 이상이 살고 있어. 우리는 동남아시아에서 매년 3월에서 4월경에 왔다가 단풍이 들기 시작하는 10월이면 다시 동남아시아로 간단다.”

“아하, 하얀 깃털을 가진 새들이 그렇게 많이 모여 있어서 마치 눈이 내린 것처럼 산이 하얗게 보였던 거구나.”

“맞아.”

왜가리가 날개를 쫙 펼쳤습니다. 날개를 펼친 모습은 생각보다 훨씬 크고 아름다웠습니다.

“너희들은 먼 곳에서 왔구나. 이곳에 터를 잡은 것을 보니 이곳이 살기 좋은가 보다.”

“이곳에는 저수지가 있어서 먹이도 풍부하고, 우리가 둥지를 틀 수 있는 큰 나무들도 많아. 저 앞에 보이는 저수지 팽나무에도 백로와 왜가리 수백 마리가 둥지를 틀고 있어.”

고라니와 방울새의 눈이 놀라서 동그래졌습니다.

"그렇게 많은 새가 찾아오면 마을 사람들이 쫓아내거나 하진 않아?"

"마을 사람들도 백로와 왜가리가 찾아오면 마을에 액운이 없고 풍년과 행운을 안겨준다고 좋아해. 우리를 보기 위해 멀리서 오는 사람들도 많아!"

왜가리의 목소리에는 자랑스러움이 묻어났습니다.

"잘 됐다. 너희들이 좋은 기운을 불러오는 새라서 보호받고 있다니 조금은 부럽다. 우리는 사람들이 좋아하지 않는 것 같아."

방울새의 목소리는 부러움이 가득했습니다.

"아니야, 방울새 너도 몸집이 작고 귀여워서 사람들이 무척 좋아해. 우리를 부러워할 것도 없어. 너는 텃새라서 우리처럼 먼 거리를 날지 않아도 되지만 우리는 해마다 먼 길을 떠나야 해서 힘들단다."

백로와 방울새의 이야기를 듣고 있던 고라니가 침통한 목소리로 말했습니다.

"너희들은 사람들이 좋아해 주니 부럽다. 우리 고라니들은

농작물을 해친다고 사람들이 싫어하는 경우가 많아. 그래서 사람들이 무서워."

고라니의 맑고 큰 눈에 눈물이 어룽졌습니다. 백로와 방울새는 토닥토닥 고라니를 위로했습니다.

청룡산에 사는 새들은 학마을 전망대에 올라가 망원경으로 보면 훨씬 잘 관찰할 수 있습니다. 저수지 주변에 만들어진 산책로에서도 백로와 왜가리를 가까이에서 볼 수 있습니다.

월출산을 품은 고장 영암

고라니와 방울새는 월출산 국립공원에서 한가롭게 여유를 즐겼습니다. 햇살 아래 꾸벅꾸벅 졸기도 했습니다. '달 뜨는 산'이라는 뜻의 월출산은 기암괴석으로 유명합니다.

"우리 조각공원에 가 볼까?"

고라니가 졸고 있는 방울새를 깨웠습니다.

"이곳에 유명한 조각 작가 20명의 작품을 전시해 놓은 흥미로운 조각공원이 있어."

잠에서 깬 방울새가 고라니를 따라나섰습니다. 우람한 사자봉, 매봉, 장군봉을 배경으로 한 조각공원에는 자연의 일부인 듯 조각 작품들이 전시되어 있습니다.

• 월출산 국립공원

"우와! 산속에서 이렇게 멋진 작품을 볼 수 있다니! 나랑 닮은 새 모양의 조각도 있어. 작품 이름이 메아리래."

방울새가 조각상마다 날아다니며 신기해하였습니다.

"산속에서 조각상들을 만나니까 신선한 기분이지? 맑은 공기를 마시며 산책하면서 예술 작품을 감상할 수 있으니 좋잖아."

"자연 속에서 이렇게 다양하고 멋진 조각 작품들을 즐길 수 있다니, 완벽하다는 생각이 들어."

고라니와 방울새는 작품 감상을 하면서 조각상 옆에서 자세를 취하기도 하였습니다. 산속에서 만나는 조각상들은 새삼

•월출산 조각공원

다른 세상처럼 느껴졌습니다.

월출산 조각공원에는 '달과 아이들', '평화로운 나날', '뛰어넘기', '축제'. '풍요로운 탄생', '악동들'. '자연과 인간', '사랑의 눈' '풍요로운 탄생', '인간으로부터' 등 다양하고 멋진 조각 작품이 전시되어 있습니다.

멀리서 보아도 벚꽃이 흐드러지게 떨어지는 모습은 너무도 멋졌습니다. 눈송이처럼 휘날리는 꽃잎에 홀린 듯 고라니와 방울새는 벚꽃 나무들이 군락을 이룬 왕인 박사 유적지에 도착했습니다. 방울새는 벚꽃 사이를 날아다니며 황홀함을 만끽하였습니다. 하르르 떨어지는 벚꽃 아래 고라니의 모습은 한 폭의 그림 같았습니다.

"이곳은 백제 근초고왕 때 논어와 천자문을 가지고 일본으로 건너가서 백제의 불교, 음악, 천문학 등 다양한 분야의 지식을 일본에 전한 왕인 박사의 유적지야. 왕인 박사는 일본 황실에서 스승으로 모셨을 뿐만 아니라 문화 시조로 숭상받고 있어."

•왕인 박사 유적지(전라남도 기념물)

"와, 백제 때 일본에 우리나라 문화를 전파하고 일본 문화의 시조가 되었다니, 정말 훌륭한 사람이구나."

고라니의 말에 방울새가 감탄하였습니다.

"저 동상이 바로 왕인 박사야. 문산재와 양사재는 왕인 박사가 공부에 전념하면서 후진을 양성하던 곳이야. 우리 전시관에 가서 좀 더 자세히 살펴보자."

방울새는 고라니를 따라 전시관으로 향했습니다. 전시관에서는 왕인 박사의 탄생부터 공부하는 모습, 일본으로 건너가 학문과 문화를 전수하는 모습을 볼 수 있습니다.

"이 비석은 왕인 박사의 생가 터를 표시하는 유허비야. 저기 보이는 사당은 왕인 박사의 학문적 업적을 기리는 곳이란다."

"정말 대단하다! 이곳의 정원도 무척 멋져. 저 나무들과 화려한 꽃 때문에 눈이 부실 지경이야."

고라니와 방울새는 태극 문양이 멋지게 꾸며진 태극 정원과 다양한 모양의 수석이 전시된 수석 전시관, 연못, 왕인 묘와 내삼문, 외삼문, 왕인이 공부하며 책을 읽던 '책굴'을 둘러보았습니다.

고라니와 방울새는 백제의 문화를 일본에 전한 왕인 박사의 업적에 한껏 기분이 좋아져서 어깨가 저절로 으쓱 올라갔습니다.

상대포역사공원

왕인 박사 유적지 근처에는 상대포가 있습니다. 상대포는 백제 때부터 조선 시대에 이르기까지 중국, 일본 등과 활발하게 교류하던 해상 교통의 중심지였습니다.

왕인 박사가 논어와 천자문을 가지고 우리나라의 문화를 전해 주기 위해 일본으로 건너간 상대포는 현재 상대포 역사공원으로 조성해 놓았습니다.

• 상대포역사공원

"저게 집이라고?"

땅을 파서 만든 동그란 원형 움집과 사각형의 움집을 본 방울새가 깜짝 놀랐습니다.

"응, 저건 약 4000년 전 청동기 시대에 사람들이 살던 집터야. 동그란 모습의 움집은 이곳에 있던 것이고, 사각형은 중부나 북부 지방에서 발견된 움집이래. 서로 비교할 수 있게 만들어 놓은 거지."

"아하, 그렇구나. 저런 곳에서 사람들이 생활했다니 믿어지지 않아."

"당시 사람들은 농사를 짓고, 물고기나 동물을 사냥하며 생

• 영암 장천리 선사주거지 전경

활했어. 토기를 만들어 음식을 저장하고 조리하는 데 사용했지. 전시관에 가면 당시에 사용하던 유물이 전시되어 있어."

고라니와 방울새는 전시관을 둘러보았습니다. 전시관에는 돌화살촉, 돌도끼, 갈돌, 항아리, 민무늬 토기, 화살촉, 삼각형 돌칼, 가락바퀴 등의 유물이 전시되어 있습니다. 움집과 고인돌, 토기 만드는 방법을 그림과 함께 설명해 놓은 벽화를 통해 선사 시대 사람들의 생활 모습과 지혜를 볼 수 있습니다.

"수천 년 전에 살았던 사람들의 모습을 상상해보니까 놀랍

고도 신기해."

고라니와 방울새는 동굴과 움집으로 시작해 현대의 건물에 이르기까지 사람들이 끊임없이 발전해 온 문명과 문화에 잠시 숙연해졌습니다.

바다의 꿈을 품은 도시 목포

장성군

담양군

함평군

광주광역시

나주시

무안군

목포시

동본원사

근대역사관

동성당

영산강 하굿둑

영암군

목포에는 다른 지역에서는 쉽게 찾아볼 수 없는 일본식 건물, 서양식 건물, 한국 전통 건물 등 다양한 건축 양식의 건물이 많습니다. 근대 역사가 고스란히 남아 있는 목포 근대역사문화거리를 사람들은 지붕 없는 박물관이라고 합니다.

고라니와 방울새도 어느덧 여행 막바지 지역인 목포시에 도착했습니다.

고라니는 방울새를 등에 태우고 목포근대역사관 1관에 도착했습니다. 웅장한 아름다움을 지닌 목포 근대역사관 1관은 붉은 벽돌을 사용해 일본식으로 지어졌습니다. 일제강점기에는 일본 영사관으로 사용되었습니다. 근대역사관 1관 주변에

는 아직도 일본 가옥이 많이 남아 있습니다.

"근대역사관 1관(사적 제289호)은 목포에 남아 있는 근대 건축물 중 규모가 가장 크고 오래되었어. 일제강점기 때는 일본 영사관이었는데 이후에 목포 시청, 시립도서관, 목포문화원 등 사용처가 여러 차례 바뀌었지."

고라니와 방울새는 전시관을 둘러보았습니다. 근대역사관 1관은 조선 시대 수군 진영이었던 목포진의 역사부터 근대사까지를 다루고 있습니다. 1897년 목포의 국제 무역항 개항과 항구 도시로 발전한 과정, 당시 조선의 역사와 독립운동, 일제가 목포에서 행한 수탈 등 다양한 전시물과 자료, 사진을 통해 목포의 역사를 소개하고 있습니다.

"일제강점기의 사진과 자료를 보니까 사람들이 너무 고통스러운 시절을 보낸 것 같아서 가슴이 아파."

고라니는 침울해진 방울새를 데리고 밖으로 나와 햇볕을 쬐었습니다. 하늘도 고라니와 방울새의 마음을 아는지 회색 구름으로 햇볕을 감추었습니다. 고라니는 방울새를 달래 주기 위해 목포 시내로 나왔습니다.

"와, 여긴 어디야? 무척 매력적인 도시다."

방울새는 높은 건물이 즐비한 도시의 모습에 한껏 들떠서 건물 사이를 신나게 날아다녔습니다. 그러다가 갑자기 유리창에 쿵 부딪히며 바닥으로 떨어졌습니다. 놀란 고라니가 방울새에게 달려갔습니다.

"방울새야, 정신 차려. 얼른 일어나."

고라니의 외침에도 방울새는 움직이지 않았습니다. 혹시 방울새가 죽었을까 봐 더럭 겁이 난 고라니는 용소에서처럼 샘물을 찾았습니다. 그러나 도시 한가운데 샘물이 있을 리가 없었습니다. 고라니는 너무 슬퍼서 눈물을 펑펑 흘렸습니다. 고라니의 눈물이 방울새의 얼굴을 적시자 방울새가 눈을 떴습니다. 방울새가 정신을 차리자, 고라니는 너무나 기뻤습니다. 고라니가 눈물이 그렁한 채로 방울새를 소중하게 만졌습니다.

"방울새야, 이제 괜찮은 거야? 정신이 들어?"

"응, 괜찮아. 공중을 날다가 무언가에 부딪혔는데, 그것밖에 기억이 안 나."

"저 건물 유리창에 부딪혔어."

"유리창? 그게 뭔데?"

방울새는 유리창이라는 것이 무엇인지 알지 못했습니다.

"응, 유리창은 사람들이 건물을 지을 때 안에서 밖이 잘 보이고 해가 잘 들어올 수 있도록 투명한 유리로 벽을 세우는 거야. 그런데 새들은 유리창이 가로막혀 있다는 것을 알지 못하고 날다가 부딪치는데 방울새 너도 그런 거야."

"그렇구나. 너무 무서웠어. 유리창에 부딪히는 순간 죽는 줄 알았어."

"실제로 수많은 새가 건물의 유리창에 부딪혀서 죽는단다. 방울새가 유리창에 부딪히고도 살아남은 것은 기적이야."

고라니가 방울새를 토닥이며 위로했습니다.

"저 유리창에 검은 독수리 사진만 붙여 놓아도 많은 새가 유리창에 접근을 안 할 텐데, 사람들이 그렇게 해 줬으면 좋겠다."

고라니와 방울새는 햇빛을 받아 반짝거리는 유리창을 보며 한숨을 쉬었습니다. 언젠가부터 외벽을 유리창으로 하는 건물이 많아졌습니다. 하늘을 날아다니는 새들에게는 너무도 위험한 건물입니다. 사람들이 유리창에 검은 독수리 사진만 붙여도 새들은 유리창 가까이 가지 않습니다. 유리라는 것을 표시하는 조그마한 행위가 수많은 새의 생명을 살릴 수 있습니다.

사람들의 배려로 새들과 함께 공존하는 세상이 되었으면 좋겠습니다.

목포 근대역사문화거리

현대와 과거가 공존하는 목포 근대역사문화거리는 근대 역사 건축물이 즐비한 거리 자체가 문화재로 지정되었습니다. 근대역사문화거리는 근대역사관 1관(구 일본영사관), 근대역사관 2관(동양척식주식회사 목포지점), 목포 대중음악의 전당(일본 자본에 대항해 설립한 구 호남은행), 병원, 목포 화신연쇄점, 100년이 넘는 역사를 가진 정명여자고등학교, 거리 곳곳에 있는 일본식 가옥과 상가 건물 등 근대 건축물을 둘러보며 역사와 문화를 배울 수 있는 곳입니다.

고라니와 방울새는 목포근대역사관 2관(전라남도 기념물 제174호)에 도착했습니다. 목포근대역사관 2관은 일제강점기 때 세워진 동양척식주식회사 목포지점 건물입니다. 전국 아홉 곳에 지점을 세웠는데, 현재는 부산과 목포에만 건물이 남아 있습니다.

"동양척식주식회사는 일제강점기에 일본이 우리나라의 농민들에게서 토지와 자원을 빼앗기 위해 설립한 회사야. 이 회사 때문에 농민들이 무척 고통스럽게 살아야 했어. 애써 농사를 지어도 대부분 이 회사에 빼앗겼거든."

"너무 아픈 역사를 간직한 곳이구나."

“그렇지. 이 건물은 일제강점기 이후에는 해군기지로 사용하기도 했지만, 근대역사관으로 바뀐 이후로는 일본의 침략과 우리나라의 독립운동 역사를 전시하고 있어.”

고라니와 방울새는 전시관을 둘러보았습니다. 전시관에는 동양척식주식회사의 활동 자료, 일제강점기의 지폐와 사진, 문서, 목포의 근대사를 다룬 다양한 전시물 등이 전시되어 있습니다.

“마치 커다란 방처럼 보이는 이곳은 일제강점기 때 일본인들이 실제로 사용했던 금고야. 이곳에다 우리나라 농민들에게서 강제로 빼앗은 토지와 물건들을 모았다가 일본으로 보낸 거지.”

“정말? 너무나 화가 나네.”

금고 안을 살피던 방울새가 무언가를 가리켰습니다.

“고라니야, 여기에 있는 콩주머니를 던지면 일본을 무찌르는 게임을 할 수 있대. 우리 게임을 하자.”

고라니와 방울새는 신나게 콩주머니를 던지며 일본을 무찌르는 게임을 하면서 쌓였던 스트레스를 풀었습니다.

목포근대역사관

고라니와 방울새는 외관 전체를 돌로 쌓은 오래된 성당으로 들어섰습니다. 경동성당(국가등록문화재 제764호)은 첨탑과 뾰족한 창문, 성경 이야기를 표현한 스테인드글라스가 특징입니다. 경동성당에는 한국 최초의 사제인 안드레아 김대건 신부의 동상이 있습니다. 성당에 오니 저절로 경건한 마음이 들었습니다.

“경동성당은 목포에서 처음으로 생긴 성당이야. 한국전쟁에도 큰 피해를 당하지 않고 보존되었어. 종교적으로나 역사적으로 보존 가치가 높은 문화재야.”

성당 창문의 스테인드글라스를 통과하는 빛은 무척 부드러웠습니다. 고라니와 방울새는 막바지에 다다른 영산강 여행을 좋은 친구와 함께 끝까지 안전하게 마칠 수 있도록 기도하였습니다. 스테인드글라스의 따뜻한 빛을 따라 포근함이 밀려왔습니다. 고라니와 방울새는 마음이 편안해졌습니다. 친구에 대한 우정이 더욱 깊어지는 것을 느낄 수 있었습니다.

•목포 경동성당(국가등록문화재 제764호)

"이 건물은 무언가 독특한 분위기네."

기둥과 지붕의 곡선이 아름다운 구 동본원사 목포 별원(국가등록문화재) 건물은 일제강점기 때 일본인들이 이용하던 일본식 사찰입니다.

"이 건물은 일제강점기 때 일본인들이 자주 찾는 절이었어. 목포에 처음으로 지어진 일본식 첫 불교 사원이지."

"아하, 사찰이라서 건물 모양이 특이하구나."

"사찰이었지만 목포에서 최초로 정식 일본인 소학교로 운영되기도 했고, 교회로 이용한 적도 있어."

구 동본원사 목포별원은 현재는 문화 행사와 전시회를 여

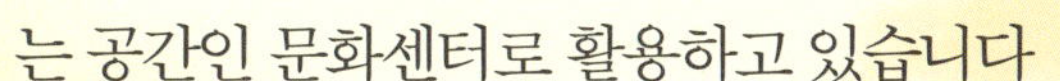

는 공간인 문화센터로 활용하고 있습니다

"구 동본원사 목포 별원은 목포의 역사에서도 아주 중요한 곳이야. 목포 민주화 운동의 중요 거점으로 이용되기도 해서 5.18과 6월 항쟁 기념비가 세워져 있단다."

구 동본원사 목포 별원을 둘러본 고라니와 방울새는 영산강 하굿둑으로 가기 위해 바삐 길을 떠났습니다. 오후의 햇살이 부드럽게 고라니와 방울새의 뒤를 따라갔습니다.

"방울새야, 여기가 우리 여행의 종착지인 영산강 하굿둑이야. 영산강의 발원지인 용소에서 시작한 여행이 영산강 하굿둑에서 끝을 맺었어."

고라니의 목소리에는 여행을 끝냈다는 감격스러움이 서려 있었습니다. 방울새도 감격하며 하굿둑을 바라보았습니다.

"영산강 하굿둑은 목포시와 영암군 사이를 잇는 중요한 시설이야. 가뭄으로 하천의 물이 적어지는 갈수기와 바닷물로 인한 농민들의 피해를 없애기 위해 1978년에 착공해서 1981년에 완공했어."

하굿둑의 길이는 4,351m이며 철제 배수갑문이 8개 설치되어 있습니다. 하굿둑에는 전라남도 목포시와 영암군을 연결하는 포장도로가 건설되었습니다.

“목포는 영산강이 바다와 맞닿아 있는 항구 도시야. 하굿둑이 생기기 전에는 목포에서 영암군까지 가기 위해서 나주를 지나가거나 배를 타야 했어. 그런데 하굿둑이 생기면서 목포에서 영암, 해남, 진도, 강진, 장흥까지도 갈 수 있게 되었어.”

“길이 만들어졌으니, 사람들이 좀 더 편리해졌겠다. 하굿둑이 지역에 많은 도움이 될 것 같아.”

“영산강 하굿둑을 건설하면서 생긴 호수가 바로 영산호야. 영산호는 바닷물이 들어오지 못하게 만든 거라 소금기가 없는 담수야. 하굿둑 서쪽은 바다이고, 동쪽은 강이란다. 참 신기하지?”

"정말? 하굿둑을 사이에 두고 한쪽은 바다고, 한쪽은 강이라니, 정말 신기하다! 이제 여행을 마쳤으니 어서 용소가 있는 숲속으로 돌아가자. 숲속 친구들에게 그동안 보고 겪었던 일들을 어서 이야기해 주고 싶어."

방울새는 피로도 잊은 채 기분이 좋은 듯 하늘을 쌩쌩 날았습니다. 고라니도 넓은 하굿둑을 마음껏 달렸습니다. 그동안 여행하면서 쌓였던 피로가 한꺼번에 날아가는 것만 같았습니다.

영산호의 특징

영산호는 영산강 하구에 하굿둑을 만들어 바닷물이 유입되지 않게 만든 인공 호수로 목포시, 영암군, 무안군에 둘러싸여 있습니다. 영산호는 지역 주민들의 농업용수와 생활용수를 공급하고 홍수를 조절하며 수산자원 보호 등의 역할을 합니다.

갈대밭과 습지의 생태계가 잘 형성되어 있고 다양한 수생 생물이 서식하는 영산호는 각종 철새들이 쉬어 가고 번식하는 철새들의 도래지입니다. 호수 주변에서는 다양한 종류의 새들을 관찰할 수 있습니다.

인간이 함께 공존할 수 있도록 보호해야 하는 영산호는 아름다운 경관과 풍부한 생물 다양성으로 생태 환경을 유지하고 있습니다.

영산호 주변에는 생태 공원, 산책로, 자전거 도로가 조성되어 있습니다.

•영산호와 영산강 하굿둑

방울새

방울새는 숲, 공원, 정원 등지에서 흔히 볼 수 있는 텃새로, 몸체가 약 13~14cm의 작은 새입니다.

몸은 주로 녹색을 띠며, 날개와 꼬리에는 검은색과 노란색의 패턴이 있습니다. 식물의 씨앗, 곤충 등을 먹는데, 특히 엉겅퀴와 해바라기 씨앗을 좋아합니다. '또르르르릉 또르르르릉' 청아한 울음소리로 잘 알려진 방울새는 매우 활발하며 무리를 지어 다니는 경우가 많습니다.

나무 위에 둥지를 짓고 봄과 여름에 3~5개의 알을 낳습니다. 알은 약 12~14일 동안 부화하며, 새끼는 약 2주 후에 둥지를 떠납니다.

방울새를 주제로 한 동요도 있습니다.

〈방울새〉

1. 방울새야 방울새야 쪼로롱 방울새야
간밤에 고 방울 어디서 사왔니
쪼로롱 고 방울 어디서 사왔니.

2. 방울새야 방울새야 쪼로롱 방울새야
너 갈제 고 방울 나 주고 가렴
쪼로롱 고 방울 나 주고 가렴.

고라니

뿔이 없는 사슴으로 유명한 고라니는 한국, 중국, 베트남 등 동아시아 지역에 서식합니다. 멸종위기종으로 분류되어 있는데, 세계의 고라니 중 90%가 대한민국 전국에 분포되어 있습니다.

고라니는 주로 산림, 농경지 등 물이 있는 지역에서 서식하기 때문에 갈대숲 같은 곳에 보금자리를 마련하며 수영을 잘합니다. 야행성인 고라니는 초식동물로, 주로 풀, 잎, 나무껍질, 과일 등을 먹습니다.

수컷은 송곳니가 입 밖으로 돌출되었는데, 송곳니 때문에 영미권에서는 뱀파이어 사슴으로 불립니다.

11월에서 1월 사이가 번식기인 고라니는 약 6~7개월의 임신 기간을 거쳐 1~3마리의 새끼를 낳습니다. 새끼는 태어난지 몇 시간 내에 걷기 시작하며, 빠르게 성장합니다.

꽃사슴과 같은 흰 반점형 무늬는 어미의 젖을 먹는 생후 3개월까지만 볼 수 있습니다

함평군

예덕리 신덕 고

용월리 지석묘군

구 함평성당

자산서원

월호리 일본식 가

학마을 전망대

무안군

초의선사 유적지

목포시

동본원사

근대역사관

경동성당

옷난이 미술관

영산강 하굿둑

왕인 박사 유적지

장천리 선사 주거지

백양사
용소
담양호
홍길동 테마파크
죽녹원
필암서원
성군
관방제림
어린이프로방스
담양군
신창동마한유적지
풍영정
환벽당
식영정
충효동왕버들군
소쇄원
광주광역시
금성관
주읍성
주향교
나주시
영암군
출산 조각공원